Linda Chapman

Sternenschweif

Flug durch die Nacht

Umschlaggestaltung von Atelier Reichert, Stuttgart,
unter Verwendung einer Illustration von Silvia Christoph.
Textillustrationen © Biz Hull
Aus dem Englischen übersetzt von Bettina Schaub.

Titel der englischen Originalausgabe:
Linda Chapman: My Secret Unicorn – Snowy Dreams

First published by Puffin Books, London 2005

Weitere Bände in dieser Reihe siehe S. 128

Bibliografische Information der Deutschen Nationalbibliothek
Die Deutsche Nationalbibliothek verzeichnet diese Publikation in der Deutschen Nationalbibliografie; detaillierte bibliografische Daten sind im Internet über http://dnb.ddb.de abrufbar.

Gedruckt auf chlorfrei gebleichtem Papier

1. Auflage

ISBN 978-3-440-10610-5
Redaktion: Ina Pfitzer
Layout: Ralf Paucke
Produktion: DOPPELPUNKT Auch & Grätzbach GbR, Stuttgart
Printed in the Czech Republic/Imprimé en République tchèque

Weit, weit fort in einem anderen Land …

… versammelten sich drei Einhörner um einen steinernen Tisch. Ihre silberfarbenen Mähnen reichten bis zum Boden und ihr schneeweißes Fell schimmerte im Licht des vollen Mondes. Eines hatte ein goldenes, das zweite ein silbernes und das dritte ein bronzefarbenes Horn.

„Es ist an der Zeit", sagte eines sanft und berührte den Tisch mit seinem Horn. Violetter Rauch zog über die steinerne Oberfläche, die sich plötzlich in einen Spiegel zu verwandeln schien. Er zeigte ein kleines graues Pony, das mitten in der Nacht auf einer Koppel in der Nähe eines Farmhauses graste. In der Ferne ragten die Gipfel der dunklen Berge wie riesige Schatten empor.

„Sternenschweif", sagte das Einhorn mit dem bronzefarbenen Horn zögernd. Die drei Einhörner schauten einander erstaunt an. Eine Weile sagte niemand etwas.

„Das hätte ich nicht erwartet", unterbrach das mit dem goldenen Horn beunruhigt das Schweigen. „Er ist noch sehr jung."

Das dritte Einhorn nickte. „Und er ist erst seit kurzer Zeit mit seiner Einhorn-Freundin zusammen. Dennoch haben sie gemeinsam bereits viel Gutes bewirkt – mehr als manch andere Einhörner und ihre Freunde in vielen Jahren."

„Das ist wahr." Das Einhorn mit dem goldenen Horn schaute die anderen ernst an. „Ich frage mich, wie er unsere Botschaft aufnehmen wird."

„Es ist niemals leicht", erwiderte Sidra, das silberne Einhorn, leise. Ihre dunklen Augen schimmerten unergründlich, während sie Sternenschweif noch einen Moment länger betrachtete. „Ich werde es ihm selbst sagen."

„Wann wirst du aufbrechen?", fragten ihre Gefährten.

Sidra hob den Kopf, ihr Horn funkelte im hellen Glanz der Sterne. „Noch heute Nacht."

1

Klingelingelingeling! Verschlafen rieb Laura Foster sich die Augen. *Klingelingeling!* Der verflixte Wecker klingelte schon wieder. Sie tastete mit der Hand über den Nachttisch, stellte den Wecker aus und sank zurück in die Kissen. „Was für ein Tag ist heute eigentlich?“, überlegte sie schlaftrunken.

Samstag! Aber nicht irgendein Samstag, sondern gleichzeitig der erste Ferientag! Mit einem Mal war Laura hellwach. Eine wundervolle Woche lang musste sie nicht zur Schule gehen, sondern konnte den ganzen Tag mit Sternenschweif zusammen sein!

Bester Laune hüpfte sie aus dem Bett und riss die Vorhänge auf, um einen Blick aus dem Fenster zu werfen. Wie jeden Morgen stand Sternenschweif am Gatter und wartete auf sie. Der Tag, an dem ihre Eltern ihr das kleine graue Pony geschenkt hatten, war der allerbeste ihres Lebens gewesen! Oder besser gesagt der zweitbeste. Laura grinste. Sie erinnerte sich noch haargenau an den Tag, an dem sie herausgefunden hatte, dass Sternenschweif kein normales Pony war, sondern … ein Einhorn! Seitdem verwandelte sie ihn nachts, wenn ihre Eltern und ihr Bruder Max schliefen, in seine wahre Gestalt. Jedes Mal aufs Neue kam es ihr wie ein Wunder vor, wenn er dann mit seinem silbern glänzenden Fell und seinem gewundenen Horn tatsächlich vor ihr stand! Dank seiner Zauberkräfte hatten sie gemeinsam schon viele aufregende Abenteuer erlebt. Und dass sie mit ihm hoch über den Baumwipfeln durch die Lüfte fliegen konnte, war dabei nur ein Teil von Sternenschweifs Magie. Laura wusste, dass sie ein Riesenglück hatte: Denn wer außer ihr besaß schon ein Pony und ein Einhorn!

Ruhelos trabte Sternenschweif am Zaun hin und her. Laura runzelte die Stirn. Was hatte er denn? Das sah ihm gar nicht ähnlich. Sonst wartete er immer geduldig am

Gatter auf sie. „Wahrscheinlich ist er bloß hungrig", dachte Laura.

Schnell schlüpfte sie in ihre Kleider. „Heute ist ein toller Tag, toller, toller Tag", trällerte sie vor sich hin, während sie die Treppe hinuntersprang, rasch einen Apfel aus der Küche holte und zur Koppel lief.

„Guten Morgen, Sternenschweif!", rief sie schon von weitem.

Kaum war sie bei ihm, rieb Sternenschweif so stürmisch seinen Kopf an ihrer Schulter, dass sie einen Schritt nach hinten machen musste.

„Hoppla, nicht so gierig!", sagte Laura lachend. „Du kriegst deinen Apfel ja gleich."

Doch zu ihrer Überraschung interessierte sich Sternenschweif überhaupt nicht für

den Apfel. Stattdessen berührte er plötzlich ganz sanft mit seiner weichen Nase erst ihr Haar und dann ihre Wange.

„Nanu, was ist denn heute mit dir los?", fragte Laura verwundert.

Doch Sternenschweif blickte sie nur unverwandt an. „Sternenschweif?", fragte

Laura beunruhigt. „Stimmt etwas nicht?“ Zu ihrer Erleichterung schüttelte Sternenschweif jedoch den Kopf.

Als Pony konnte er alles verstehen, was Laura sagte, und ihr auf seine Weise antworten. Aber jetzt wünschte Laura sich, er könnte richtig mit ihr sprechen, so wie er es tat, wenn er ein Einhorn war. Sie musste unbedingt wissen, warum er sich so merkwürdig benahm. „Bist du traurig, weil ich dich letzte Nacht nicht besucht habe? Ich wäre wirklich gerne gekommen, aber meine Eltern hatten gestern Abend lange Besuch. Ich bin eingeschlafen, bevor sie zu Bett gegangen sind. Aber heute Nacht fliegen wir wieder. Versprochen!“

Zu ihrer Überraschung schienen ihre Worte Sternenschweif nicht aufzumuntern.

Wieder rieb er seinen Kopf an ihrer Schulter. Dabei hatte er ihr doch gerade erst mit seinem Kopfschütteln zu verstehen gegeben, dass alles in Ordnung sei. Laura zwang sich, ihre Sorgen zu vergessen, und strich über sein schmutziges Fell. Sie musste lächeln. Offensichtlich hatte Sternenschweif ein Lehmbad genommen. Es war höchste Zeit, ihn zu putzen, bevor Mel und Jessica um zehn Uhr vorbeikamen. Gemeinsam wollten die drei Freundinnen zu der riesigen Lichtung mit den vielen Hügeln aufbrechen, die sie letztes Wochenende entdeckt hatten. Sie hatten eine Menge Spaß dabei gehabt, die steilen Abhänge rauf- und runterzureiten. Dort wollten sie heute unbedingt wieder hin.

Eine Stunde später spiegelte sich die Sonne in Sternenschweifs Fell. Mähne und Schweif glänzten seidig weich und das frisch aufgetragene Huffett schimmerte. Aber Sternenschweif war immer noch rastlos und Laura wurde das Gefühl nicht los, dass ihn etwas beunruhigte.

Sie hatte ihn gerade gesattelt und aufgezäumt, als Mel und Jessica auf ihren Ponys Silver und Sandy angeritten kamen. Laura winkte ihnen zu.

„Sternenschweif sieht klasse aus", rief Jessica bewundernd.

„Ganz im Gegensatz zu dir", witzelte Mel.

Laura schaute an sich herunter. Es sah aus, als hätte der ganze Dreck, den sie von Sternenschweif gebürstet hatte, auf sie abgefärbt. Sie grinste. „Ist mir doch egal. Hauptsache, Sternenschweif sieht gut aus."

Die drei Ponys rieben zur Begrüßung ihre Nasen aneinander. Sie waren beinahe so gut befreundet wie die drei Mädchen. Laura schwang sich in den Sattel. „Los geht's!", rief sie voller Vorfreude und schnalzte mit der Zunge.

Sie trabten den Weg entlang, der in den Wald führte. Als er breiter wurde, zogen die Ponys ungeduldig an den Zügeln.

„Ich glaube, Sandy hätte Lust auf ein kleines Wettrennen!" Jessica klopfte den Hals ihrer jungen Palomino-Stute.

„Worauf warten wir dann noch?" Mel fasste die Zügel kürzer, als Silver ungestüm seinen Kopf in die Luft warf. „Wetten, dass ich als Erste auf der Lichtung bin?", rief sie den anderen beiden zu. Und schon preschten die drei Ponys den Waldweg entlang, gefolgt von einer Wolke aus Staub und Sand.

Bald darauf erstreckte sich vor ihnen ein weitläufiges hügeliges Gelände mit vielen Büschen und schmalen Pfaden, die sich zwischen den Hängen entlangschlängelten. Die drei Mädchen parierten ihre Pferde durch und ritten eine Zeit lang im Schritt. Bald wurden sie mutiger und preschten die Schrägen erst im Trab und dann im Galopp hinauf und hinunter.
„Wie wäre es mit dem Hügel da drüben?“ Mel zeigte auf einen steilen Abhang, an den sich bisher noch keine von ihnen herangetraut hatte.

„Auf keinen Fall!“, wehrte Jessica sofort ab. „Der ist viel zu steil.“

Laura stand mit Sternenschweif ein wenig abseits. „Was meinst du, Sternenschweif?“ Sternenschweif zuckte zusammen, als er seinen Namen hörte. Er schien mit seinen Gedanken ganz woanders gewesen zu sein. „Sollen wir es wagen?“

Sternenschweif schüttelte seinen Kopf. „Wir lassen es auch lieber bleiben!“, rief Laura zu den anderen hinüber.

„Was haltet ihr davon“, schlug Mel vor, „wenn wir einen Parcours festlegen? Dann können wir die Zeit stoppen und sehen, wer von uns am schnellsten ist.“

Vergnügt verbrachten sie so den Vormittag, nur Sternenschweif schien nicht richtig bei der Sache zu sein. Er stolperte mehrmals und Laura musste ihn immer wieder antreiben, obwohl sie ihn sonst bei Wettkämpfen kaum bremsen konnte.

„Geht es dir wirklich gut?", fragte sie leise, während sie hinter den anderen zurückblieb. Sternenschweif nickte, aber Laura ließ sich nicht täuschen. Irgendetwas stimmte ganz und gar nicht mit ihm. Und heute Nacht würde sie es herausfinden!

2

Sobald ihre Eltern im Bett lagen, schlich Laura sich zu Sternenschweif. Endlich würden sie wieder fliegen! Sie spürte schon den Wind in ihren Haaren und Sternenschweifs warmen Rücken unter sich. Doch dann fiel ihr ein, wie seltsam er sich tagsüber benommen hatte. Leise murmelte sie den Verwandlungszauber:

Silberstern, Silberstern,
hoch am Himmel, bist so fern.
Funkelst hell und voller Macht,

brichst den Bann noch heute Nacht.
Lass dies Pony grau und klein
endlich doch ein Einhorn sein.

Ein violetter Blitz flammte auf und als die Dunkelheit das grelle Licht verschluckt hatte, hatte Sternenschweif seine Einhorngestalt angenommen. Sein Fell schimmerte weiß wie Schnee, seine Mähne und sein Schweif fielen seidig weich zu Boden und seine edle Stirn wurde von einem silbernen Horn gekrönt. Für Laura konnte es niemals einen schöneren Anblick geben.

„Hallo, Laura." Sternenschweifs Mund bewegte sich nicht, doch Laura konnte seine Stimme klar und deutlich hören. „Wie geht es dir?", fragte sie und strich ihm liebevoll über seine samtweiche Nase.

„Gut", antwortete Sternenschweif, stieß jedoch gleichzeitig einen schweren Seufzer aus.

Laura überlegte, wie sie ihn aufheitern konnte. „Hast du nicht Lust, eine Runde zu fliegen?"

Sternenschweif schüttelte den Kopf. „Nein, mir ist heute nicht danach."

Laura starrte ihn überrascht an. Was war denn los mit ihm? Sonst war er aufs Fliegen genauso versessen wie sie.

„Dieses ganze Galoppieren und Springen heute hat mich einfach sehr erschöpft", fügte er erklärend hinzu.

„Ach so", sagte Laura enttäuscht und verwirrt. Nie zuvor war er zu müde zum Fliegen gewesen!

Ein zweiter Seufzer entfuhr ihm. Laura

betrachtete ihren Freund besorgt. „Irgendetwas stimmt doch nicht mit dir. Bist du krank? Soll ich den Tierarzt rufen?“

„Nein, nein, nicht nötig“, wehrte Sternenschweif ab. „Ich bin einfach nur müde und möchte mich ausruhen. Würdest du mich bitte wieder zurückverwandeln?“

Laura streichelte ihn nachdenklich. Sternenschweif benahm sich ausgesprochen merkwürdig. Aber was sollte sie tun? Sie drückte ihm einen Kuss auf die Nase. Dann sagte sie die Zauberworte und schon stand er wieder als Pony vor ihr. Sie verabschiedete sich und ging langsam zum Haus zurück. Hoffentlich war Sternenschweif bald wieder der Alte.

Am nächsten Morgen stand Laura ganz früh auf, um nach Sternenschweif zu sehen. Zu ihrer großen Erleichterung wieherte er ihr fröhlich entgegen. Der besorgte Blick war aus seinen Augen verschwunden. Laura fiel ein Stein vom Herzen. Er war vielleicht wirklich nur müde gewesen.

Nach dem Frühstück ritten sie erneut zur Lichtung. Laura summte zufrieden vor sich hin. Es war so schön, mit Sternenschweif durch den stillen Wald zu traben, das fröhliche Zwitschern der Vögel zu hören, ab und zu einen Blick auf ein Reh zu erhaschen, das durch das Unterholz davonsprang, oder ein Eichhörnchen zu beobachten, das von Ast zu Ast hüpfte.

Auf der Lichtung waren bereits zwei Reiterinnen. Verwegen galoppierten sie die

steilen Böschungen hinunter und feuerten sich gegenseitig dabei an. Unschlüssig blieb Laura mit Sternenschweif stehen.

Plötzlich bemerkte sie eines der Ponys,

eine hübsche kastanienbraune Araberstute mit vier weißen Fesseln, und wieherte laut. Die Reiterin schaute zu ihnen herüber.

„Hallo, ihr da drüben!", rief sie und trabte ihnen entgegen. Ein kurzer blonder Pferdeschwanz lugte unter ihrer Reitkappe hervor.

„Hallo!", erwiderte Laura schüchtern.

„Wolltest du auch hier reiten?"

Laura nickte. „Ja, aber das macht nichts. Ich komme ein anderes Mal wieder."

„Warum denn? Hier ist genug Platz für uns alle. Ich heiße übrigens Jo-Ann. Und das ist mein Pony Beauty."

Laura bewunderte die hübsche braune Stute mit dem edlen Kopf und den großen dunklen Augen. „Beauty heißt Schönheit. Der Name passt wirklich gut zu ihr!"

„Finde ich auch!" Jo-Ann lächelte. „Und wie heißt du?"

„Laura. Und das ist Sternenschweif."

Das zweite Mädchen gesellte sich zu ihnen. „Ich bin Grace", sagte sie. „Und das ist Lucky." Sie tätschelte den Hals ihres fuchsfarbenen Ponys.

„Hast du Lust mitzumachen?", fragte Jo-Ann.

„Ja, warum nicht?", erwiderte Laura.

Sternenschweif war etwas kleiner als die beiden anderen Ponys, aber er hielt gut mit und galoppierte genauso wendig und trittsicher wie sie. Jo-Ann war eine äußerst waghalsige Reiterin. Als sie keine Lust mehr hatte, die Hügel hinauf- und hinunterzugaloppieren, begann sie über jeden Busch und umgefallenen Baumstamm zu springen, der ihr in den Weg kam. Selbst vor Stämmen, deren verbliebene Äste gefährlich spitz aufragten oder die auf unebenem Gelände lagen, machte sie nicht Halt. Sie schien sich vor nichts zu fürchten. Ihr Mut war wirklich bewundernswert. Die anderen beiden Mädchen blieben stehen, um ihr zuzusehen.

Laura sog scharf die Luft ein, als Beauty es nur haarscharf über einen riesigen Baumstamm schaffte.

„Puh, das war ganz schön knapp!" Jo-Ann grinste, als sie die Zügel kürzer nahm und Beauty zur Belohnung den Hals tätschelte. „Was steht als Nächstes auf dem Programm?" Sie erspähte einen besonders steilen Hang. „Na, wie wäre es denn damit?"

„Nie und nimmer!", rief Grace. „Das ist viel zu gefährlich!"

„Ach was", erwiderte Jo-Ann. „Ich wette, Beauty schafft das locker!"

„Versuch's erst gar nicht", bat Grace. „Die Ponys haben für heute wirklich genug geleistet."

„Wahrscheinlich hast du Recht", gab Jo-Ann zögernd nach. „Wir sollten jetzt wohl besser heimreiten." Sie wandte sich an Laura. „Hat Spaß gemacht mit dir. Vielleicht bis zum nächsten Mal!"

„Bis bald!" Laura winkte den beiden nach. „Wir sollten auch langsam zurückreiten", wandte sie sich an Sternenschweif. Er musste genug Zeit zum Erholen haben, denn heute Nacht wollte sie unbedingt wieder mit ihm fliegen.

Als sie daheim gerade in die Hofeinfahrt einbogen, kamen ihr Max und sein Berner Sennenhund Buddy entgegen. „Gehst du rüber zu Leo und Steven?“, fragte Laura.

Max nickte. „Leo hat ein neues Skateboard. Er hat gesagt, dass ich es ausprobieren darf, bevor wir mit Buddy spazieren gehen.“

Buddy wedelte mit seinem buschigen Schwanz und bellte. Auch wenn er sie nicht so verstehen konnte wie Sternenschweif, wusste er ganz genau, was *Buddy* und *spazieren gehen* bedeuteten!

„Das gefällt dir wohl, was?“, fragte Max. Als Antwort stellte sich Buddy auf die Hinterbeine und schleckte ihm kurzerhand mit seiner riesigen Zunge über das Gesicht. Max kicherte.

Laura lächelte zufrieden. Als die beiden Nachbarsjungen eingezogen waren, hatte Max Buddy eine Zeit lang ziemlich vernachlässigt und nichts anderes als Skateboardfahren im Kopf gehabt. Doch dann hatte sich herausgestellt, dass Leo und Steven genauso verrückt auf Hunde wie aufs Skateboardfahren waren. Seitdem waren die drei Jungs und Buddy unzertrennlich.

Als Laura in dieser Nacht zu Sternenschweif kam, wirkte er angespannt. Er streckte den Kopf hoch in die Luft und trabte nervös am Gatter entlang. Rasch verwandelte Laura ihn in ein Einhorn. „Wie sieht es aus? Hast du heute Abend Lust zu fliegen?"

Sternenschweif schüttelte nur den Kopf.

„Aber warum denn nicht? Bist du wieder müde? So viel haben wir doch heute gar nicht gemacht?"

„Ich bin nicht müde", entgegnete Sternenschweif knapp.

„Und warum willst du nicht fliegen?"

Bedrückt scharrte Sternenschweif mit seinem Huf auf dem Boden. „Weil … weil ich nicht kann!", stieß er schließlich hervor.

Jetzt verstand Laura überhaupt nichts mehr. „Was meinst du damit?" Besorgt berührte sie sein schimmerndes Horn. „Bist du doch krank?"

„Nein." Sternenschweif wand sein Horn aus ihrer Hand. „Ich kann nicht fliegen, weil …" – er atmete tief ein und schaute sie kläglich an – „weil ich meine Zauberkraft verloren habe."

3

Laura glaubte sich verhört zu haben. „Was meinst du damit, dass du deine Zauberkraft verloren hast? Wie kann das sein?"

Sternenschweif blickte betreten zu Boden. Laura fühlte sich, als hätte ihr jemand einen Eimer mit eiskaltem Wasser über den Kopf geschüttet.

„Das passiert manchmal. Einhörner können ihre Zauberkräfte verlieren. Ihre Magie schwindet einfach dahin. Ohne sie kann ich weder in den steinernen Spiegel schauen noch Wunden heilen oder anderen Mut machen. Und fliegen kann ich auch nicht mehr."

Laura wurde ganz schwindlig. Sie hatte das Gefühl, dass der Boden unter ihr schwankte. Ein furchtbarer Gedanke durchfuhr sie: „Aber du kannst dich immer in ein Einhorn verwandeln, oder? Und wir können immer miteinander sprechen?"

„Ich weiß es nicht." Sternenschweifs Stimme zitterte: „Wahrscheinlich werden am Ende alle meine magischen Kräfte verschwunden sein. Dann kann ich mich auch nicht mehr verwandeln."

Lauras Herz krampfte sich zusammen. Sie wusste nicht, was sie sagen sollte.

„Jetzt … jetzt hast du mich bestimmt nicht mehr lieb, oder?"

„So ein Quatsch!“ Laura schüttelte heftig den Kopf. „Ich werde dich immer lieb haben, Magie hin oder her!“

Sternenschweif konnte das kaum glauben. „Aber ich … ich werde dann nur noch ein ganz normales Pony sein.“

„Das ist mir doch egal!“, entfuhr es Laura. „Du bist mein allerbester Freund, egal was passiert.“ Sie umarmte ihn stürmisch. „Glaubst du wirklich, daran ändert sich was, nur weil du deine Zauberkräfte verlierst? Ich hatte dich schon lieb, bevor ich wusste, dass du in Wahrheit ein Einhorn bist. Und daran wird sich auch in Zukunft nichts ändern. Niemals!“

„Dann würdest du mich also nicht loswerden wollen?“, stammelte Sternenschweif ungläubig.

„Dich loswerden wollen? Was ist denn in dich gefahren? Wie kannst du so etwas nur denken? Ich könnte mich niemals von dir trennen! Das Einzige, was zählt, ist doch, dass wir zusammen sind!"

Laura drückte sich ganz fest an ihn. Was ging nur in ihm vor? Entschlossen schluckte sie den Kloß in ihrem Hals hinunter. Wenn sie anfing zu heulen, würde Sternenschweif das auch nicht helfen.

„Vielleicht sollte ich dich lieber wieder in ein Pony verwandeln?", flüsterte sie mit erstickter Stimme. Er nickte nur traurig.

In ihrem Zimmer warf Laura sich verzweifelt auf ihr Bett. Sternenschweifs Zauberkräfte schwanden! Sie konnte es einfach nicht fassen. Keine Magie mehr. Keine Flüge. Und – vielleicht schon morgen – konnte sie nicht einmal mehr mit ihm reden. Mit ihrem allerbesten Freund, dem sie alles erzählte! Sie schluchzte in ihr Kissen. Aber das Schlimmste war, wie sehr Sternenschweif darunter litt. Er glaubte allen Ernstes, sie hätte ihn nicht mehr lieb, wenn er kein Einhorn mehr sein konnte!

Am nächsten Morgen wachte Laura wie zerschlagen auf. Einen Moment lang hoffte sie, schlecht geträumt zu haben. Aber es war kein Traum gewesen. Es stimmte. Sternenschweif verlor seine magischen Kräfte!

Benommen zog sie sich an und ging nach unten. Ihre Eltern und Max waren bereits in der Küche.

„Guten Morgen, Langschläferin!“, neckte ihr Vater sie.

Laura zwang sich zu einem Lächeln. Ihre Eltern durften auf keinen Fall merken, wie schlecht sie sich fühlte. Sonst würden sie ihr nur lauter Fragen stellen, die sie sowieso nicht beantworten konnte.

„Wir wollten schon Buddy zu dir schicken, um dich zu wecken“, sagte ihre Mutter lächelnd. „Sternenschweif wird sich wundern, wo sein Frühstück bleibt.“

„Ich werde ihm gleich sein Futter bringen“, erwiderte Laura und hoffte, dass ihre Stimme einigermaßen normal klang. Als ob Buddy Lauras Traurigkeit spüren konnte, kam er zu ihr getapst und legte seinen Kopf in ihren Schoß, als sie ihre Gummistiefel anziehen wollte.

„Guter Junge“, flüsterte Laura und streichelte liebevoll sein flauschiges Fell. Sie musste hart schlucken, um die aufsteigenden Tränen zu unterdrücken.

„Wann bist du denn mit Steven und Leo verabredet?“, wandte sich währenddessen Mrs Foster an ihren Sohn.

Max kratzte den letzten Rest Müsli aus seiner Schale. „So gegen halb zehn. Ich bin schon sooo gespannt auf ihren neuen Hund. Sie haben ihn gestern Abend abgeholt."

„Haben sie sich schon für einen Namen entschieden?", fragte Mrs Foster.

„Buggy!", antwortete Max.

„Buggy?", wiederholte seine Mutter erstaunt.

Max grinste. „Buddy und Buggy. Ist doch cool, oder?"

„Tja, ich weiß nicht so recht", meinte Mr Foster zweifelnd. „Das wird bestimmt für eine Menge Verwirrung sorgen."

„Ich find's klasse." Max strahlte. „Ich wette, die beiden werden die besten Freunde! Ich kann es kaum erwarten, Buggy kennen zu lernen!"

„Dann geht's dir genauso wie mir", gestand Mrs Foster. „Ich glaube, ich werde dich rüberfahren. Dann kann ich mir Buddys neue Freundin gleich aus der Nähe ansehen.“ Sie warf Laura einen fragenden Blick zu. „Kommst du auch mit?“

Laura nickte ergeben. Eine andere Antwort würde ihre Mutter nur verwundern. Aber erst musste sie nach Sternenschweif sehen.

Auf dem Weg zur Koppel breitete sich ein merkwürdiges Gefühl in ihr aus. Zum ersten Mal wusste sie nicht, wie sie sich Sternenschweif gegenüber verhalten sollte.

Wie an jedem Morgen erwartete er sie am Gatter. Aber wie jämmerlich sah er aus! Müde ließ er seinen Kopf hängen und seine sonst so leuchtenden Augen hatten all ihren Glanz verloren.

Auch das Frühstück konnte Sternenschweif nicht aufheitern. Lustlos kaute er auf ein paar Haferkörnern herum. Laura streichelte ihn mitfühlend. „Du hast wohl keinen Hunger heute Morgen?"

Sternenschweif schüttelte nur den Kopf.

„Geht mir genauso", flüsterte Laura mit erstickter Stimme.

„Er ist und bleibt mein Pony!", sagte sie

sich zum hundertsten Mal. „Ich kann ihn jeden Tag sehen und reiten. Und wenn ich mich ganz viel um ihn kümmere, wird er schon merken, wie lieb ich ihn immer noch habe!"

Etwas beruhigter machte sie sich an ihre tägliche Stallarbeit. Sie mistete Sternenschweifs Box aus, füllte seinen Wassereimer, fegte den Gang und räumte gerade die Sattelkammer auf, als ihre Mutter nach ihr rief.

„Laura! Kommst du? Wir wollen los!"

„Bin schon unterwegs!"

Rasch lief sie noch einmal zu Sternenschweif, der sich nicht von der Stelle gerührt hatte, und drückte ihm einen Kuss auf die Nase. „Ich bin bald wieder bei dir", murmelte sie.

Buggy war die niedlichste kleine Hündin, die man sich nur vorstellen konnte! Sie war ein Labrador-Retriever mit einem flauschigen pechschwarzen Fell, großen glänzenden Augen, riesigen Pfoten und einem Schwanz, der nicht eine Sekunde stillstand. Aufgeregt wand sie sich in Leos Armen, während, die Fosters sie im Garten bewunderten, und schleckte Gesichter und Hände mit ihrer kleinen hellrosa Zunge ab. Als Buddy sie neugierig beschnupperte, fuhr sie ihm ebenfalls blitzschnell über die Nase.

„Jetzt kann ich sie doch bestimmt runterlassen?", fragte Leo seine Mutter Helen. „Buddy und sie sollen sich doch kennen lernen!"

Seine Mutter willigte lächelnd ein. Kaum stand Buggy auf ihren eigenen Pfoten, tapste sie unbeholfen auf Buddy zu. Ihr Schwanz drehte sich dabei wie ein Propeller. Obwohl sie Buddy nur knapp bis zum Bauch reichte, schien sie nicht besonders viel Respekt vor ihm zu haben. Neugierig sprang sie an ihm hoch und versuchte eines seiner Ohren zu erhaschen. Zu gerne hätte sie wohl daran geknabbert.

Buddy ließ sich auf seine Vorderpfoten nieder und beäugte sie neugierig. Als die kleine Hündin ihn ankläffte, antwortete er mit einem tiefen Bellen. Eine weitere Einladung brauchte Buggy nicht, Sekunden später tollte sie mit Buddy vergnügt durch den Garten.

„Sieht ganz so aus, als wäre das der Beginn einer wunderbaren Freundschaft", bemerkte Helen.

„Wenn Buggy erst mal größer ist", sagte Leo zu Max, „können wir sie auf unseren Spaziergängen mitnehmen."

„Dann kann sie genau wie Buddy über den Skateboard-Platz düsen", fuhr Steven fort.

„Darauf kannst du wetten." Leo nickte begeistert. „Und sie können gemeinsam um die Wette laufen."

„Cool!", kam es von Max.

Laura lächelte. Sie wusste selbst, wie toll es war, Freunde zu haben, denen dieselben Dinge Spaß machten. So wie sie es liebte, mit Mel und Jessica auszureiten.

„Und das können wir auch, wenn Sternenschweif keine magischen Kräfte mehr hat", dachte sie. Sie musste so schnell wie möglich zu ihm zurück und ihm ein für alle Mal klar machen, dass es ihr nichts ausmachte, wenn er bald kein Einhorn mehr war!

Kaum war sie wieder daheim, ging sie zu Sternenschweif. Er stand genauso trübselig am Gatter, wie sie ihn verlassen hatte. Leichtfüßig kletterte Laura über den Zaun, legte beide Arme um seinen Hals und schmiegte sich an ihn. „Armer Sternenschweif", flüsterte sie. „Es muss schrecklich für dich sein, deine Zauberkraft zu verlieren. Aber es wird alles gut, das verspreche ich dir. Wir werden trotzdem immer die besten Freunde bleiben."

Doch ihre Worte schienen alles noch schlimmer zu machen. Sternenschweif sah nur noch trauriger aus. Laura zermarterte sich ihr Hirn. Wenn ihr doch nur einfiele, wie sie ihn trösten könnte! Vielleicht sollten sie gemeinsam in den Wald reiten?

„Wie wäre es mit einem Ausflug?", schlug sie vor. „Wir könnten wieder zu der Lichtung reiten."

Sternenschweif senkte kaum merklich seinen Kopf. „Abgemacht! Dann rufe ich rasch bei Mel und Jessica an. Vielleicht haben sie Lust mitzukommen."

4

Jessica hatte keine Zeit, weil sie ihrer Stiefschwester Samantha versprochen hatte, mit ihr in die Stadt zu fahren. Aber Mel war sofort Feuer und Flamme und kam wenig später mit Silver bei Laura an.

„Dann warst du gestern also auch auf der Lichtung?“, fragte Mel, während sie Richtung Wald aufbrachen.

Laura nickte. „Ich habe dort zwei andere Mädchen getroffen. Wir sind dann ein bisschen zusammen geritten.“ Sie tätschelte

Sternenschweifs Hals. „Das hat Spaß gemacht gestern, oder?“ Laura wollte die Hoffnung nicht aufgeben. Sternenschweif würde schon noch sehen, dass das Leben auch ohne Magie schön sein konnte.

Wie beim letzten Mal waren Jo-Ann und Grace mit Beauty und Lucky bereits auf der Lichtung. Sie hatten Hindernisse am Fuße einiger Abhänge aufgestellt.

„Hallo, Laura!“ Jo-Ann winkte ihr zur Begrüßung zu. Dann blinzelte sie. „Nanu? Hallo, Mel!“

„Hallo, Jo-Ann!“, erwiderte Mel.

„Ihr zwei kennt euch?“, fragte Laura verwundert.

Mel nickte, während Jo-Ann zu ihnen hinüberritt. „Unsere Mütter sind miteinander befreundet.“ Sie lächelte Jo-Ann entgegen. „Ist das dein neues Pony? Deine Mutter hat mir erzählt, dass du es gerade bekommen hast.“

„Stimmt, das ist Beauty.“ Die hübsche Stute warf ihren Kopf stolz in die Luft. „Sie ist einfach umwerfend“, schwärmte Jo-Ann. „Sie ist unglaublich schnell und liebt das Springen. Wie steht's mit Silver? Hat er keine Angst mehr davor?“

Mel lächelte. „Seit dem letzten Sommer klappt alles wunderbar.“

Laura streichelte Sternenschweif. Sie erinnerte sich noch gut, wie schrecklich Silver sich vor jedem Hindernis gefürchtet hatte. Doch Sternenschweifs Zauberkraft hatte ihn davon befreit. Es war eines ihrer ersten Abenteuer gewesen, kurz nachdem sie herausgefunden hatte, dass Sternenschweif ein Einhorn war. Er hatte seine Magie eingesetzt, um Silver Mut zu machen. Am Ende hatte das Pony es sogar gewagt, aus einem brennenden Stall zu springen!

„Jetzt werden wir wohl niemals wieder jemandem helfen können", dachte Laura.

Erschrocken verbannte sie diesen Gedanken aus ihrem Kopf.

„Können wir eure Hindernisse mal ausprobieren?", fragte sie Jo-Ann.

„Na klar", erwiderte Jo-Ann grinsend.

Kurze Zeit später galoppierten sie mit den beiden Mädchen über die Lichtung. Nur um ein paar wirklich furchteinflößende Hindernisse, die Jo-Ann aus Baumstämmen und vertrockneten Zweigen zusammengebaut hatte, machten sie einen Bogen.

„Das würde ich mich nie trauen!", rief Mel, als Jo-Ann auf einen besonders steilen Abhang zusteuerte, an den sich bisher keine von ihnen gewagt hatte.

„Wie sieht's aus?", rief Jo-Ann herausfordernd. „Wer außer mir traut sich?"

Mel schüttelte den Kopf. „Das ist definitiv eine Nummer zu groß für Silver und mich."

„Und was ist mit dir?", fragte sie Laura. „Sternenschweif ist doch immer ganz begeistert vom Springen."

Laura schüttelte bedauernd den Kopf. Sie wäre gerne so waghalsig wie Jo-Ann. Aber sie würde es sich niemals verzeihen, wenn Sternenschweif dabei etwas passierte.

„Angsthase!", neckte sie Jo-Ann.

„Jo-Ann!“, rief Grace empört. „Lass Laura doch! Wenn sie nicht möchte, muss sie auch nicht!“

„Ja, du hast ja Recht, tut mir Leid.“ Jo-Ann zuckte die Achseln. „Dann reite ich eben allein.“

Mit angehaltenem Atem beobachteten die drei Mädchen, wie Beauty den Abhang hinunterstürmte. Sie wurde schneller und schneller. Jo-Ann versuchte, ihr Tempo zu verlangsamen. Den Mädchen blieb beinahe die Luft weg, als sich ein Stück von der Böschung löste und Beauty ein paar Meter rutschte. Aber Jo-Ann saß fest im Sattel und half ihr, wieder Tritt zu fassen. Noch ein paar Sprünge und sie hatten sicheren Boden erreicht.

„Braves Mädchen!“, lobte Jo-Ann.

„Uff, das war ziemlich knapp!“, sagte Mel mit einem erleichterten Seufzer.

Grace nickte. „Das war super!“, rief sie Jo-Ann zu.

„Beauty ist einfach ein tolles Pony!“ Jo-Ann tätschelte stolz den Hals der kleinen

Stute. Mit zusammengekniffenen Augen betrachtete sie den Abhang. „Vielleicht sollte ich da unten noch einen Sprung aufbauen?"

Grace verdrehte die Augen. „Du spinnst, Jo. Das war schon so riskant genug. Und außerdem haben die Ponys jetzt wirklich eine Pause verdient! Lass uns lieber zum Abkühlen an den Fluss reiten."

„Von mir aus." Jo-Ann wandte sich zu Laura und Mel. „Habt ihr nicht Lust mitzukommen?" Die beiden sagten sofort ja.

Auf dem Weg zum Fluss erfuhr Laura, dass Beauty und Lucky im Reitstall von Grace' Mutter standen. Grace brachte sie mit lustigen Geschichten über die anderen Ponys von dort zum Lachen. Später erzählten Jo-Ann und Grace von den Turnieren, an denen sie teilgenommen hatten. Plötzlich schoss Laura ein Gedanke durch den Kopf. Sie war durch Sternenschweifs Veränderung so verwirrt, dass sie ihn bisher noch nicht einmal gefragt hatte, wie Einhörner überhaupt ihre Magie verlieren konnten. Und ob es dafür kein Gegenmittel gab. Vielleicht bestand ja die Möglichkeit, seine Zauberkräfte zurückzugewinnen? Was immer sie dafür tun musste, sie würde es wagen! Gleich heute Nacht würde sie ihn fragen, ob er ein Gegenmittel kannte. Vielleicht fand sie auch im Einhornbuch eine Erklärung? Nirgendwo sonst konnte man so viel über Einhörner erfahren wie hier. Sobald sie wieder zu Hause war, würde sie es von vorne bis hinten lesen. So einfach gab sie sich nicht geschlagen!

Gleich nach Sternenschweif war das alte Buch ihr kostbarster Besitz. Es war in weiches dunkelrotes Leder gebunden. Der Titel *Geschichte der Einhörner* schimmerte in goldenen Buchstaben auf dem Einband. Mrs Fontana, die Besitzerin der kleinen Buchhandlung in der Stadt, hatte es ihr, kurz nachdem Sternenschweif zu ihr gekommen war, geschenkt. Sie war einer der wenigen Menschen, die Sternenschweifs Geheimnis kannten. Vor vielen Jahren hatte sie selbst ein Einhorn gehabt.

Lauras Augen flogen über die vergilbten Seiten. Ganze Kapitel widmeten sich der Geschichte der Einhörner, ihrer Verwandlung, ihren Gewohnheiten und ihrem Leben in Arkadia, dem magischen Land, aus dem die Einhörner stammten. Irgendwo musste sie doch auch etwas über Einhörner finden, die ihre Zauberkraft verloren!

Viel zu schnell war sie auf der letzten Seite angelangt. Nichts! Nicht eine einzige Zeile über das, was sie so brennend interessierte!

„Merkwürdig", dachte Laura. So wie sie Sternenschweif verstanden hatte, kam das gar nicht selten vor, dass ein Einhorn seine magischen Fähigkeiten verlor. Aber warum fand sie dann nichts darüber in dem Buch?

„In der *Geschichte der Einhörner* steht nichts davon, dass Einhörner ihre Zauberkraft verlieren können", berichtete Laura Sternenschweif am nächsten Tag, nachdem sie ihn mit dem Zauberspruch in ein Einhorn verwandelt hatte.

„Aber es passiert trotzdem", beharrte er.

„Gibt es wirklich nichts, was wir tun können, Sternenschweif?"

„Ich denke nicht", murmelte er mit gesenktem Kopf. Unruhig schlug er mit dem Schweif hin und her.

„Du musst mir alles erzählen, was du darüber weißt", bedrängte Laura ihn. „Vielleicht fällt uns gemeinsam etwas ein!"

Sternenschweif fühlte sich sichtlich unwohl. „Ich kann mich an nichts Bestimmtes erinnern."

Laura runzelte die Stirn. So schnell würde sie auf keinen Fall aufgeben! „Denk nach, Sternenschweif! Gibt es irgendetwas, was wir tun können?"

Sie schlug sich vor die Stirn. „Natürlich! Mrs Fontana! Sie weiß so viel über Einhörner – wir fragen sie einfach, ob sie etwas weiß."

Sternenschweif schüttelte müde den Kopf. „Ich glaube nicht, dass sie …"

„Lass es mich doch wenigstens versuchen!", unterbrach Laura ihn ungeduldig. Mrs Fontana hatte ihr in der Vergangenheit schon oft einen guten Ratschlag gegeben. „Gleich morgen früh frage ich meine Mutter, ob sie mich in die Stadt fährt!" Voller Zuversicht umarmte sie ihren Freund. „Mrs Fontana weiß bestimmt eine Lösung!"

Sternenschweif schnaubte unglücklich. Laura wurde einfach nicht schlau aus ihm. Wenn er so verzweifelt darüber war, seine Zauberkraft zu verlieren, warum versuchte er dann nicht wenigstens alles, um sie zurückzugewinnen?

5

Tief im Herzen Arkadias umringten die drei Ältesten einen steinernen Tisch. Das Bild, das sie soeben noch nachdenklich betrachtet hatten, war verschwunden. Nur ein Hauch violetten Nebels, der über den Tisch zog, erinnerte noch an den vergangenen Zauber.

„Sternenschweif ist sehr unglücklich“, sagte Ira ernst. Das Mondlicht spiegelte sich in ihrem goldenen Horn.

„Er ist noch so jung.“ Rohan seufzte.

Sein bronzefarbenes Horn schien ein wenig dunkler zu werden. „Und er möchte Laura auf keinen Fall verlieren."

Sidra hob ihren edlen Kopf, das Sternenlicht schien im Glanz ihres silbernen Horns zu verblassen. „Dennoch soll es geschehen. Ich werde Sternenschweif noch einmal besuchen. Er wird einsehen, welch große Ehre es ist, ein Auserwählter zu sein."

„Was immer du für richtig hältst", pflichteten die anderen ihr bei. „Wann wirst du aufbrechen?"

„Morgen Nacht."

Mrs Fontanas Buchhandlung schien sich niemals zu verändern. Stets stapelten sich Berge von Büchern auf dem Boden und ein leichter Geruch nach schwarzen Johannisbeeren lag in der Luft. Laura war sich sicher, dass das ein magischer Duft war, auch wenn ihre Mutter meinte, das käme von dem Früchtetee, den Mrs Fontana literweise trank. Die ältere Frau stand an der Kasse. Wie üblich war ihr Haar zu einem Knoten aufgesteckt und ein weicher gelber Schal bedeckte ihre Schultern. Sie sagte gerade etwas zu Walter, ihrem schwarz-weiß gefleckten Terrier.

Als Laura die Tür öffnete, schaute sie lächelnd auf. „Hallo, Laura. Wie geht es dir?"

„Ganz gut, danke! Meine Mutter ist kurz nebenan etwas besorgen und ich darf mir solange ein Buch bei Ihnen aussuchen." Laura schaute sich prüfend um. Mrs Fontana schien ihre Gedanken zu lesen. „Wir sind allein." Sie sah Laura prüfend an. „Stimmt etwas nicht?"

Lauras Worte überschlugen sich förmlich: „Ich weiß nicht mehr weiter, Mrs Fontana! Sie müssen uns unbedingt helfen! Sternenschweif verliert seine magischen Kräfte!"

Mrs Fontana schaute sie verständnislos an.

Hastig fuhr Laura fort. „Sternenschweif sagt, dass das passieren kann. Aber in meinem Buch über Einhörner steht überhaupt nichts davon. Und ich muss wissen, ob wir wirklich nichts dagegen tun können! Sternenschweif ist so unglücklich!" Flehend schaute sie Mrs Fontana an. „Sie sind unsere letzte Hoffnung!"

Mrs Fontana schien verwirrt. „Ich weiß gar nicht, was ich sagen soll. Ich habe nie zuvor gehört, dass ein Einhorn seine Zauberkraft verliert – zumindest nicht auf Dauer. Bist du dir sicher, dass du Sternenschweif richtig verstanden hast?"

„Absolut!" Laura schluchzte. „Er sagt, das passiere andauernd und es gäbe nichts, was wir dagegen tun könnten."

„Seltsam!“ Mrs Fontana rieb sich die Stirn. „Am besten, du erzählst mir alles von Anfang an!“

Laura ließ sich in einen der gemütlichen Sessel sinken. „Einen Tag ging es Sternenschweif noch gut und am nächsten Tag war er plötzlich ganz verändert. Erst meinte er nur, er sei müde, aber dann hat er mir erzählt, dass seine Zauberkräfte schwinden. Er ist so unglücklich! Ich habe ihm gesagt, dass ich ihn immer lieb haben werde, selbst wenn er nur ein ganz normales Pony ist. Aber er glaubt mir nicht.“ Sie biss sich auf die Unterlippe. Sie wollte nicht weinen. „Ich bin so traurig, Mrs Fontana. Ich würde alles tun, um ihm zu helfen, wirklich alles!“

„Das weiß ich doch, Laura!“ Mrs Fontana zögerte. „Es ist nur so ein Gedanke …

Vielleicht ist etwas passiert und Sternenschweif hat dir noch nicht alles erzählt. Einhörner verlieren ihre Magie nicht für immer. Das gibt es einfach gar nicht."

Lauras Herz schlug schneller. „Sind Sie sicher?"

Mrs Fontana nickte bedächtig.

„Aber warum schwinden seine Kräfte dann? Warum kann er nicht mehr fliegen?"

„Das weiß ich nicht", gestand Mrs Fontana. „Ich vermute nur, dass Sternenschweif dir etwas verheimlicht. Du solltest versuchen, mit ihm darüber zu reden. Doch sei vorsichtig", warnte sie. „Bedränge ihn nicht zu sehr. Sonst verschließt er sich vielleicht ganz."

Hatte Sternenschweif wirklich Geheimnisse vor ihr? Laura schwirrte der Kopf.

„Ich verstehe das nicht. Er ist mein allerbester Freund – warum kann er mir nicht sagen, was los ist?“

„Ach, Laura, es gibt so viele Gründe, etwas zu verschweigen.“ Mrs Fontana seufzte. „Sternenschweif tut, was er für das Richtige hält. Lass ihn einfach wissen, dass du immer für ihn da bist und ihm zuhören wirst, wenn er darüber sprechen kann.“ Tröstend tätschelte sie Lauras Hand. „Er ist dein Einhorn und auch dein Freund. Verhalte dich so, wie du es bei jedem anderen Freund tun würdest, der in Schwierigkeiten steckt. Wenn er so weit ist, wird er dir schon alles erzählen.“

Bevor Laura etwas erwidern konnte, klingelte das Türglöckchen. Ein Mann und ein kleiner Junge betraten die Buchhandlung und Laura wusste, dass ihr Gespräch mit Mrs Fontana beendet war.

„Vielen Dank, Mrs Fontana", sagte sie.

„Viel Glück, mein Kind!" Mrs Fontana lächelte verschwörerisch. „Und vergiss nicht, dir ein Buch auszusuchen. Sonst wundert sich deine Mutter, was du hier so lange gemacht hast."

Laura dachte den ganzen Tag über ihr Gespräch mit Mrs Fontana nach. Sie war erleichtert, weil Mrs Fontana nicht glaubte, dass ein Einhorn seine magischen Kräfte für immer verlieren konnte. Sie wünschte nur, sie wüsste genau, was mit Sternenschweif los war.

„Bist du sicher, dass es nichts gibt, worüber wir reden sollten?", forschte Laura, als sie am Abend bei Sternenschweif war. Zärtlich fuhr sie mit den Fingern durch seine seidige Mähne.

Sternenschweif schien einen Seufzer zu unterdrücken.

„Hundertprozentig sicher?“, hakte Laura nach.

„Absolut. Lass uns über was anderes reden.“

Frustriert kaute Laura auf ihrer Unterlippe herum. Mrs Fontana hatte ihr geraten, Sternenschweif so viel Zeit zu lassen, wie er brauchte. „Klar. Ich wollte dir nur noch sagen, dass du mit mir über alles reden kannst, Sternenschweif, egal, was es ist.“

Sternenschweif starrte unverwandt auf den Boden. Laura hielt den traurigen Anblick kaum noch aus.

„Was hältst du davon, wenn ich dir ein paar Möhren hole? Mein Vater hat heute Nachmittag einen ganzen Sack voll in die Sattelkammer gestellt."

Als Laura zurückkam, hörte sie wie Sternenschweif mit sich selbst sprach: „Ich muss es ihr einfach sagen! Ich ertrage das nicht länger."

Laura blieb wie angewurzelt stehen. Worüber um alles in der Welt redete er bloß?

Sie flüsterte vorsichtig seinen Namen. Erschrocken hob er den Kopf und starrte sie an. „Laura! Ich habe dich gar nicht kommen gehört."

„Was hast du gerade gesagt? Was musst du mir unbedingt erzählen?"

„Nichts ... ich habe nicht von dir gesprochen."

In Laura brodelte es. Sie wusste genau, dass das nicht wahr war. „Sternenschweif!", rief sie wütend. „Nur weil du ..." Sie brach ab. Mrs Fontanas Warnung kam ihr in den Sinn. Wenn sie ihn unter Druck setzte, würde er ihr wahrscheinlich gar nichts erzählen. „Also gut." Sie holte tief Luft und sprach mit ruhigerer Stimme weiter. „Wenn du nicht mit mir darüber reden willst, dann ist das natürlich in Ordnung."

Sternenschweif schien sich ein winziges bisschen zu entspannen. Laura gab ihm eine der Möhren, die sie geholt hatte. „Der Ausritt gestern mit Jo-Ann und Grace hat Spaß gemacht, oder?"

Sternenschweif nickte.

„Das sollten wir bald wiederholen. Oder picknicken und im Fluss schwimmen. Es gibt so vieles, was wir machen können, vor allem im Sommer“, fuhr sie fort. Sie bemühte sich, fröhlich zu klingen. Er sollte sich daran erinnern, wie viele schöne Stunden sie gemeinsam verbracht hatten, ob er nun ein Einhorn war oder nicht. „Wir könnten vielleicht sogar zelten!“

„Könnten wir“, sagte Sternenschweif mit tonloser Stimme.

Laura schwärmte von all den tollen Dingen, die sie gemeinsam unternehmen würden, obwohl sie das Gefühl hatte, dass Sternenschweif mit seinen Gedanken ganz woanders war. Nachdem sie eine Stunde bei ihm gewesen war, ging sie zurück ins Haus. Sie fühlte sich ziemlich erschöpft.

Rasch schlüpfte sie in ihren Schlafanzug und zog die Decke bis über beide Ohren. Aber einschlafen konnte sie nicht. Sternenschweif und sie waren doch Freunde. Und Freunde hatten einfach keine Geheimnisse voreinander! Sie jedenfalls hätte bestimmt keine vor ihm!

Energisch schlug sie die Bettdecke zurück. So ging es nicht weiter! Mrs Fontana hatte zwar gesagt, dass sie Sternenschweif Zeit lassen solle, aber sie konnte jetzt einfach nicht länger warten. Sie musste unbedingt wissen, was los war! Sie würde Sternenschweif sagen, dass sie alles mit ihm gemeinsam durchstehen würde, egal was passierte. Und dass sie sicher für alles eine Lösung finden würden. Rasch zog sie sich an und schlich aus dem Haus. Doch der

Anblick, der sie auf der Koppel erwartete, machte alle ihre Absichten zunichte.

Sternenschweif stand auf der Weide. Aber er war keineswegs das Pony, das sie zurückgelassen hatte. Sein Fell schimmerte silberweiß und sein Horn funkelte. Er war ein Einhorn! Doch ohne dass sie ihn verwandelt hätte!

Und das war noch nicht alles. Neben ihm stand ein zweites Einhorn, das eindringlich auf ihn einzusprechen schien!

Laura starrte wie vom Donner gerührt auf die beiden Einhörner. Das fremde Einhorn war größer als Sternenschweif, sein Fell glänzte wie frisch gefallener Schnee und sein langes silbernes Horn hob sich hell gegen den Nachthimmel ab.

Mit seinen dunklen, geheimnisvoll schimmernden Augen und seinem edlen Kopf sah es aus wie aus einer anderen Welt. Laura stockte der Atem. Sie hatte noch nie etwas so Schönes gesehen!

Das Wiehern des fremden Einhorns klang wie Musik zu ihr herüber. Nur wenige Sekunden später schnellte es, ohne Laura zu bemerken, mit ein paar kraftvollen Sprüngen in die sternklare Nacht empor.

Entsetzt beobachtete Laura, wie Sternenschweif ihm mit einem gewaltigen Satz folgte. Seite an Seite flogen die beiden schimmernden Einhörner in die Dunkelheit davon.

6

Benommen starrte Laura in den Himmel. Sternenschweif hatte ihr erzählt, dass er nicht mehr fliegen könne. Und dass er seine Zauberkraft verloren habe. Wieso konnte er dann jetzt einfach davonfliegen?

Darauf gab es nur eine Antwort. Er hatte sie angelogen!

Die ganze Zeit, während sie sich solche Sorgen gemacht hatte, war mit ihm alles in Ordnung gewesen!

Sie machte auf dem Absatz kehrt und

stürmte ins Haus zurück. Völlig durcheinander warf sie sich auf ihr Bett. Dabei rutschte das Einhornbuch herunter und fiel mit einem lauten Knall zu Boden. Dort blieb es halb geöffnet liegen. Mechanisch griff Laura danach. Sie betrachtete das aufgeschlagene Bild genauer. Eisige Finger schienen sich um ihren Hals zu legen. Es zeigte zwei Einhörner, die zu den Sternen flogen, ein kleineres und ein größeres – genauso wie sie Sternenschweif und das fremde Einhorn gerade am Nachthimmel gesehen hatte!

Ihr Herz setzte einen Moment lang aus, als sie die Unterschrift las: *Einer der Ältesten geleitet einen Auserwählten nach Arkadia.* Fieberhaft las Laura weiter.

Einhörner, die sich durch besondere Tapferkeit und Einfallsreichtum auf der Erde ausgezeichnet haben, werden oft frühzeitig dazu auserwählt, nach Arkadia zurückzukehren. Dort werden sie zu Gehilfen des Ältestenrats ausgebildet. Ihre Aufgabe ist es, den Ältesten zu helfen, weise über Arkadia zu herrschen und über die Einhörner auf der Erde zu wachen. Es ist eine große Ehre, auserwählt zu werden. Wenn ihre Zeit gekommen ist, werden diese Auserwählten einst selbst dem Ältestenrat angehören.

Ein auserwähltes Einhorn wird in der Regel mehrmals von einem der Ältesten besucht, bevor es für immer die menschliche Welt verlässt.

Bevor es für immer die menschliche Welt verlässt ... Die Worte verschwammen vor Lauras Augen. Nur mühsam unterdrückte sie die aufsteigenden Tränen. Sternenschweif musste auserwählt worden sein! Brachte ihn das fremde Einhorn etwa schon heute Nacht nach Arkadia zurück? Würde er vielleicht nie wieder zu ihr zurückkehren?

Laura stürzte zum Fenster. Doch dort sah sie Sternenschweif friedlich im Mondlicht grasen. Einen verrückten Moment lang dachte Laura, sie hätte sich das alles nur eingebildet. Aber sie hatte die beiden Einhörner so sicher zusammen fliegen gesehen, wie Sternenschweif jetzt unten auf der Weide stand.

Erschöpft sank sie auf die Bank vor ihrem Fenster. Das Einhorn hatte Sternenschweif nur einen Besuch abgestattet. Aber schon in der nächsten Nacht ...

„Oh, nein!“, flehte Laura. „Sternenschweif kann nicht nach Arkadia gehen!“

Aber je länger sie nachdachte, desto mehr Sinn ergab alles. Der Morgen, an dem Sternenschweif so still gewesen war – in dieser Nacht musste ihn das Einhorn zum ersten Mal besucht haben. Und er war nicht traurig gewesen, weil seine Zauberkraft schwand, sondern weil er wusste, dass er sie verlassen würde.

Aber warum hatte er ihr nichts davon erzählt? Früher oder später hätte er es doch sowieso sagen müssen. Es sei denn … Sie hatte plötzlich ein ganz flaues Gefühl im Magen. Er hatte überhaupt nicht vorgehabt, es ihr zu erzählen, sondern wäre in irgendeiner Nacht einfach verschwunden!

„Aber so etwas würde er niemals tun“, sagte sie sich. Doch welche Erklärung gab es sonst für sein seltsames Verhalten? Und warum hatte er sie angelogen?

Laura zitterte am ganzen Körper. Ihre Zähne klapperten. Trotz der milden Nacht fror sie wie im tiefsten Winter. Ihr bester Freund hatte sie verraten!

Wie betäubt kroch sie unter die Decke. Erst dann ließ sie mit einem lauten Schluchzen ihren Tränen freien Lauf.

Am nächsten Morgen wäre Laura am liebsten gar nicht aufgestanden. Zum ersten Mal wollte sie nicht nach Sternenschweif sehen. Aber wenn sie niemandem in der Küche begegnen wollte, musste sie sich beeilen. Ihre Eltern sollten nicht sehen, dass sie geweint hatte.

Zu Lauras Überraschung wieherte Sternenschweif ihr fröhlich entgegen. Dann schmiegte er seinen Kopf an ihre Schulter, als seien sie immer noch die allerbesten Freunde. Laura fühlte sich hundeelend. Sie wusste genau, warum er so zufrieden war. Er hatte die ganze Nacht mit dem anderen Einhorn verbracht und seine Rückkehr nach Arkadia geplant! Sie schubste seinen Kopf weg. „Ich hole dein Frühstück“, sagte sie mit zitternder Stimme. Ohne

Sternenschweifs überraschten Blick zu beachten, hastete sie davon.

„Da!“ Mit einem Scheppern knallte sie den gefüllten Eimer vor ihn auf den Boden. Als Sternenschweif an ihrer Hand schnuppern wollte, zog sie sie rasch zurück.

Er steckte seinen Kopf in den Eimer und schaute sie unter seinem Stirnschopf hervor frech an. Dann prustete er das Futter in die Luft. Sonst musste Laura immer über diesen Scherz lachen. Aber dieses Mal spürte sie nur einen kalten, schweren Stein dort, wo sonst ihr Herz schlug. Wie konnte er nur so herumalbern, wenn sie sich bald für immer trennen mussten?

Bestimmt hatte das andere Einhorn ihn davon überzeugt, dass es richtig war, einfach so zu tun, als ob nichts wäre.

Ihre Kehle schnürte sich zusammen und ein paar Tränen kullerten über ihre Wangen. Sie drehte sich auf dem Absatz um und rannte davon.

Sternenschweif wieherte ihr aufgeregt hinterher. Doch Laura zwang sich dazu, nicht stehen zu bleiben, sondern weiterzulaufen. Sein Ruf klang noch in ihren Ohren, als sie das Haus längst erreicht hatte und donnernd die Tür zuschlug.

Kurze Zeit später klingelte das Telefon.

„Hallo!“, begrüßte Mel sie bester Laune. „Wollen wir gemeinsam ausreiten?“

„Nee, eigentlich nicht.“ Laura hatte nicht die geringste Lust, irgendetwas mit Sternenschweif zu unternehmen.

„Nanu?“, fragte Mel verwundert. „Was ist denn mit dir los?“ Laura bemerkte, wie abweisend sie geklungen hatte. Blitzschnell suchte sie nach einer Ausrede. „Ich glaube, ich kriege eine Erkältung. Mein Hals tut furchtbar weh.“

„Ach so. Na, dann hoffe ich, dass es dir bald wieder besser geht. Ich melde mich heute Abend noch mal. Vielleicht können wir uns ja morgen treffen.“

„Mal sehen“, flüsterte Laura und legte den Hörer auf.

Sie starrte aus dem Fenster. Sternenschweif stand immer noch am Gatter, seine Ohren waren erwartungsvoll gespitzt. Er sah aus, als würde er auf sie warten. Merkte er gar nicht, wie weh er ihr tat?

Laura schlang die Arme um sich. Sie fröstelte. Ein Leben ohne Sternenschweif konnte sie sich einfach nicht vorstellen. Ohne Einhorn, ohne Pony, ohne ihren besten Freund!

Als würde er ihren Blick spüren, wieherte Sternenschweif sanft Richtung Haus. Zornig wischte Laura ihre Tränen fort und wandte sich ab. Wäre er doch bloß schon fort!

7

Während Laura am Abend Sternenschweif fütterte und seinen Wassereimer auffüllte, stupste er sie immer wieder auffordernd. Bestimmt wollte er, dass sie ihn in ein Einhorn verwandelte.

„Bis morgen“, murmelte sie beim Abschied mit gesenktem Kopf. „Falls du dann noch da bist“, dachte sie für sich.

Sternenschweif wieherte, als ob er sagen wollte: „Bleib!“ Doch Laura schüttelte nur den Kopf und ging.

Sie zog gerade in der Küche ihre Schuhe aus, als das Telefon klingelte. Es war Jessica.

„Hi. Wie geht's dir?"

„Gut", antwortete Laura. „Aber mein Hals kratzt noch etwas", fügte sie rasch hinzu.

„Mel hat mir schon erzählt, dass du dich krank fühlst. Sie übernachtet heute übrigens hier."

„Hallo, Laura!", rief Mel aus dem Hintergrund.

„Wenn es dir morgen wieder besser geht, könnten wir drei doch zusammen ausreiten?", schlug Jessica vor.

„Plant mich lieber nicht mit ein."

„Ist wirklich alles in Ordnung mit dir?", fragte Jessica besorgt. „Du klingst irgendwie so traurig."

„Doch, es ist alles in Ordnung."

Mel nahm Jessica den Hörer aus der Hand.

„Bist du immer noch krank?"

„Hab mich schon mal besser gefühlt." Rasch wechselte Laura das Thema. „Wie war's denn heute?"

„Klasse! Wir sind wieder zur Lichtung geritten. Jo-Ann und Grace waren allerdings nicht da."

„Hat Grace nicht erzählt, dass sie heute eine Reitstunde hat?"

„Ach ja, stimmt. Das hatte ich ganz vergessen. Meinst du, Jo-Ann baut wirklich noch einen Sprung unten an diesem Steilhang auf? Zutrauen würde ich es ihr jedenfalls."

„Ich auch."

„Tja, ich muss jetzt Schluss machen“, sagte Mel. „Ich melde mich morgen wieder bei dir. Hoffentlich geht es dir dann schon besser! Jess und ich möchten ein Picknick machen, und ohne dich macht das nur halb so viel Spaß.“

Niedergeschlagen legte Laura auf. Ohne Sternenschweif würde sie nie mehr mit Mel und Jessica ausreiten. Ihre Traurigkeit verwandelte sich in Wut. „Dann kriege ich eben ein anderes Pony!“, dachte sie trotzig. „Ich brauche Sternenschweif nicht. Ich brauche ihn überhaupt nicht!“

Sie begann den Tisch fürs Abendessen zu decken, als das Telefon erneut klingelte.

„Laura Foster“, meldete sie sich.

„Oh, hallo, Laura! Hier ist Mrs Cassidy. Ist deine Mutter zu Hause?“

„Einen Moment bitte, Mrs Cassidy." Laura brachte das Telefon zu ihrer Mutter. „Mrs Cassidy möchte dich sprechen."

Ihre Mutter nahm den Hörer. „Guten Abend." Laura wollte gerade die Tür schließen, als sie hörte, wie ihre Mutter besorgt fragte: „Das Pony kam ohne sie zurück?"

Laura runzelte die Stirn. Welches Pony?

„Natürlich helfen wir bei der Suche", fuhr ihre Mutter fort. „Ich sage meinem Mann Bescheid und dann fahren wir sofort rüber."

„Was ist los?", fragte Laura, als ihre Mutter den Hörer auf den Schreibtisch legte.

„Eine Freundin von Mel ist heute Nachmittag in den Wald geritten und vor einer halben Stunde kam ihr Pony ohne sie zurück. Ihm fehlt nichts, aber das Mädchen ist bisher nicht aufgetaucht. Ihre Mutter stellt eine Suchmannschaft zusammen."

„Wie heißt das Mädchen?" Lauras Herz schlug schneller.

„Jo-Ann. Kennst du sie?"

„Ich habe sie ein paar Mal im Wald getroffen", antwortete Laura. Die Gedanken wirbelten in ihrem Kopf durcheinander. War Jo-Ann etwas zugestoßen?

„Ich hoffe, wir finden sie bald!" Mrs Foster warf einen skeptischen Blick aus dem Fenster. Es wurde allmählich dunkel. „Ich hole deinen Vater und dann fahren wir zu den Cassidys. Ich melde mich, sobald es etwas Neues gibt."

Sie küsste Laura flüchtig auf die Stirn. „Mach dir keine Sorgen, mein Schatz. Wir werden sie bestimmt bald finden."

Laura beobachtete, wie ihre Mutter in den Geländewagen stieg und die Hofeinfahrt hinunterfuhr. Was sollte sie jetzt bloß tun?

Darauf gab es nur eine Antwort! Sobald die Scheinwerfer nicht mehr zu sehen waren, schlüpfte Laura in ihre Stiefel, schnappte sich ihre Jacke und stürmte zur Koppel.

„Sternenschweif! Sternenschweif!“, rief sie schon von weitem. „Jo-Ann braucht unsere Hilfe!“

8

Sie hörte Sternenschweifs Wiehern bereits, bevor sie ihn sehen konnte. Atemlos murmelte sie den Verwandlungszauber. Sekunden später stand Sternenschweif als Einhorn vor ihr.

„Laura, was ist …"

„Hör mir einfach zu", unterbrach sie ihn. „Ich brauche deine Hilfe. Jo-Ann ist verschwunden. Ich fürchte, dass sie irgendwo im Wald gestürzt ist. Ich möchte, dass du deine Zauberkraft benutzt, um in den steinernen Spiegel zu schauen. So können wir sie am schnellsten finden."

Sternenschweif setzte zu einer Antwort an: „Aber ..."

„Erzähl mir jetzt bloß nicht, du kannst das nicht", fauchte Laura ihn an. „Ich weiß, dass das nicht stimmt. Ich weiß auch, dass du mir die ganze Zeit etwas vorgemacht hast, weil du nicht länger mein Einhorn sein willst!"

Sternenschweif fuhr entsetzt zurück. „Wie bitte?"

„Tu's einfach, Sternenschweif! Setz deine Zauberkraft ein letztes Mal für mich ein!", rief Laura verzweifelt.

Eine Pause entstand. Sternenschweif schien wie vor den Kopf geschlagen.

„Da staunst du, was?", zischte Laura,

als sie seinen überraschten Gesichtsausdruck bemerkte. „Ich weiß, was du vorhast. Ich weiß, dass dich einer der Ältesten besucht hat. Aber das ist jetzt ganz egal!" Sie schluchzte. „Wir müssen unbedingt Jo-Ann finden. Dann kannst du von mir aus zurück nach Arkadia gehen!"

„Laura! Ich gehe nirgendwohin."

„Ach was? Das kannst du jemand anderem erzählen!"

„Aber es ist die Wahrheit!", rief Sternenschweif. „Es stimmt, Sidra, ein Mitglied des Ältestenrats, hat mich besucht. Sie hat mir erzählt, dass ich dazu auserwählt wurde, nach Arkadia zurückzukehren und ein Gehilfe der Ältesten zu werden. Aber gestern Nacht habe ich ihr gesagt, dass ich nicht gehen werde." Seine Stimme begann zu zittern. „Ich habe ihr gesagt, dass ich dich nicht verlassen kann, Laura."

Laura starrte ihn ungläubig an. „Du … du gehst nicht fort?"

Sternenschweif schüttelte den Kopf. „Sidra warnte mich, dass meine Zauberkraft schwinden würde, wenn ich bleibe. Aber das ist mir egal, solange wir nur zusammen sind!" Er blickte voller Zärtlichkeit auf Laura. „Ich bin dein Einhorn, ob mit oder ohne Magie."

Laura schluckte hart. „Du hast mich angelogen. Du hast gesagt, du könntest nicht mehr zaubern."

„Es tut mir so Leid. Ich wollte dir damit nicht wehtun. Ich dachte, wenn ich keine Zauberkräfte mehr hätte, würde es dir nicht so viel ausmachen, wenn ich gehe."

Laura schwirrte der Kopf. Sternenschweif verließ sie gar nicht! Er stupste sie an. „Komm, jetzt müssen wir Jo-Ann finden.“

Seine Worte rissen Laura aus ihren Gedanken. „Du hast Recht! Und dafür brauchen wir einen steinernen Spiegel.“

Sie schwang sich auf seinen Rücken und schon galoppierte Sternenschweif los. Unter einer großen, ausladenden Eiche kam er zum Stehen. Direkt vor ihnen lag ein rosa glänzender Stein. Laura stieg ab und Sternenschweif berührte ihn mit seinem Horn. „Zeig uns Jo-Ann!“, befahl er.

Violetter Rauch überzog die Oberfläche des Steins und verwandelte sie in einen schimmernden Spiegel. Sie sahen ein Mädchen, das zusammengekrümmt auf einem schmalen Waldweg lag.

„Das ist Jo-Ann“, japste Laura. „Sie ist verletzt.“ Sie beugte sich tiefer über den Stein. „Ich weiß, wo das ist. Wir müssen zur Lichtung mit den Steilhängen fliegen!“

Rasch schwang sie sich wieder auf Sternenschweifs Rücken. Mit ein paar kräftigen Sprüngen galoppierte er Richtung Himmel. Der Wind pfiff um Lauras Ohren, während sie durch die Luft preschten. Sie spürte ein mulmiges Gefühl im Bauch. Jo-Ann hatte so still auf dem Waldboden gelegen.

„Schneller, Sternenschweif! Schneller!“

„Da unten ist sie!“, rief er, als die Lichtung in Sicht kam.

Jo-Ann lag am Fuß des steilsten Abhangs neben einem selbstgebauten Hindernis aus alten Baumstämmen und abgebroche-

nen Ästen. Ein Fuß sah merkwürdig verdreht aus.

„Sie hat tatsächlich versucht, da drüberzuspringen!“, keuchte Laura fassungslos.

Sternenschweif landete vorsichtig neben dem reglosen Mädchen. „Sie atmet noch“, stellte er erleichtert fest.

„Jo-Ann?“ Laura rief sanft ihren Namen, aber Jo-Ann rührte sich nicht.

„Was sollen wir jetzt tun, Sternenschweif?“

„Vielleicht kann ich ihr mit meiner Magie helfen.“ Vorsichtig berührte Sternenschweif mit seinem Horn den verletzte Fuß des Mädchens. Er schloss seine Augen, um sich besser zu konzentrieren. Schon ein paar Mal hatte er seinen Einhornzauber eingesetzt, um Wunden zu heilen. Aber noch nie zuvor war jemand so schwer verletzt gewesen wie Jo-Ann.

„Bitte, lass es funktionieren!“, flehte Laura stumm. „Mach, dass Sternenschweif Jo-Ann helfen kann!“

9

Sternenschweifs Horn erstrahlte in einem gleißenden Licht. Nichts geschah. Doch dann entspannte sich Jo-Anns Gesicht und ihr Fuß bewegte sich leicht, bis es wieder in einer natürlichen Stellung dalag. Danach berührte Sternenschweif ihre Stirn. Wieder ließ die Magie sein Horn hell aufleuchten. Laura kniff geblendet die Augen zusammen. Gleich darauf bewegten sich Jo-Anns Augenlider und sie seufzte leise.

„Es dauert etwas, bis der Einhornzauber seine volle Wirkung entfalten kann", erklärte Sternenschweif flüsternd. „Jo-Anns Fuß war gebrochen und sie hat sich ziemlich stark den Kopf angeschlagen. Aber das wird jetzt alles wieder gut."

Vor Erleichterung bekam Laura ganz weiche Knie. „Wir müssen sie so schnell wie möglich von hier fortbringen. Meinst du, wir können sie transportieren?" Sie wusste, dass man manchmal Verletzte nicht bewegen durfte.

Sternenschweif nickte beruhigend. „Sie ist durch meinen Zauber geschützt."

„Dann bringen wir sie zu Mels Eltern. Sie wohnen nicht weit von hier und dort sollte auch die Suche starten."

Sternenschweif nickte und sank auf die

Vorderbeine, damit Laura Jo-Ann auf seinen Rücken ziehen konnte. Sie war größer als Laura und weil sie immer noch bewusstlos war, war sie auch ganz schön schwer. Aber schließlich hatte Laura es geschafft. Keuchend setzte sie sich hinter Jo-Ann auf

Sternenschweifs Rücken. Behutsam erhob sich Sternenschweif mit seiner Last.

Während sie in Richtung Mels Haus flogen, kehrte die Farbe in Jo-Anns Wangen zurück. Plötzlich spitzte Sternenschweif seine Ohren. „Ich höre Leute unter uns. Was machen wir jetzt? Sie dürfen uns auf keinen Fall sehen!“

„Das ist bestimmt ein Teil der Suchmannschaft. Kennst du die Stimmen?“

Sternenschweif lauschte aufmerksam. „Dein Vater und Mels Mutter sind dabei. Die anderen Stimmen kenne ich nicht.“

Laura hatte eine Idee. „Lass uns irgendwo hier in der Nähe unbemerkt landen. Dann verwandle ich dich in ein Pony und erzähle ihnen, dass ich zur Lichtung geritten bin und Jo-Ann dort gefunden habe.“

Sekunden später setzte Sternenschweif im Schutz einiger großer Eichen sanft auf dem Boden auf. Jo-Ann begann sich zu regen, ihre Augenlider flatterten. Es wurde höchste Zeit, Sternenschweif zurückzuverwandeln. Behutsam zog Laura Jo-Ann von Sternenschweifs Rücken und lehnte sie gegen einen Baum.

„Wo ... wo bin ich?", murmelte sie benommen. Jede Sekunde konnte sie die Augen öffnen.

In fieberhafter Eile murmelte Laura den Zauberspruch. Noch nie hatte sie die Worte so schnell aufgesagt. In dem Moment, als der violette Blitz aufflammte, riss Jo-Ann die Augen auf. „Was ... was war das?", fragte sie verstört.

„Nichts, nichts", antwortete Laura mit

klopfendem Herzen, während hinter Jo-Anns Rücken aus Sternenschweif wieder ein Pony wurde.

Jo-Ann blinzelte verwirrt. „Laura? Bist du das? Wo sind wir?"

„Du bist gestürzt und warst eine Weile

bewusstlos. Ich hab dich auf der Lichtung gefunden. Du musst keine Angst haben, gleich kommt Hilfe."

Sternenschweif wieherte eindringlich. Jetzt konnte Laura die Suchmannschaft ebenfalls hören. „Hier sind wir!", rief sie, so laut sie nur konnte.

Plötzlich packte Jo-Ann Lauras Arm. „Wo ist Beauty? Geht es ihr gut?"

„Keine Sorge, ihr ist nichts passiert. Sie ist ohne dich zum Stall gelaufen."

Jo-Ann rieb sich die Augen. „Ich erinnere mich an nichts mehr. Gerade bin ich noch auf Beauty geritten und dann …", sie stockte, „dann hatte ich so ein irres Gefühl, als würde ich fliegen."

Laura biss sich auf die Zunge. „Du hast dir ziemlich stark den Kopf angeschlagen."

In diesem Moment hatte die Suchmannschaft sie entdeckt und eine Frau mit kurz geschnittenem blonden Haar rannte auf sie zu. „Jo! Gott sei Dank haben wir dich gefunden! Wie geht es dir?"

„Alles in Ordnung, Mum! Ich habe bloß grässliche Kopfschmerzen und mein Fuß tut weh. Ich weiß nur noch, dass ich diese steile Böschung heruntergeritten bin. Wahrscheinlich ist Beauty ausgerutscht und ich bin gestürzt. Das war wirklich eine dämliche Idee von mir!"

Ihre Mutter drückte sie ganz fest an sich. „Hauptsache, dir geht es gut! Du hast so ein Glück gehabt, dass nicht mehr passiert ist!"

„Ich rufe meinen Mann an", sagte Mels Mutter und zog ihr Handy aus der Jackentasche. „Er kann Jo-Ann mit dem Geländewagen nach Hause bringen. Und dann sage ich den anderen Bescheid, dass wir sie gefunden haben."

Mr Foster eilte zu Laura. „Was machst du eigentlich hier ganz allein mitten im Wald?"

Laura holte tief Luft. „Nun ja, als Mum und du weg wart, ist mir eingefallen, dass Jo-Ann auf der Lichtung sein könnte, auf der wir uns ein paar Mal getroffen haben. Also bin ich mit Sternenschweif losgeritten", fuhr sie fort. „Sie lag dort bewusstlos auf dem Boden. Da habe ich sie auf Sternenschweif gesetzt und mich auf den Rückweg gemacht. Und dann haben wir eure Stimmen gehört."

Ihr Vater umarmte sie. „Das habt ihr

toll gemacht! Obwohl du so spät eigentlich nicht allein im Wald unterwegs sein solltest. Du hättest uns anrufen können."

„Ja, das stimmt, aber da hab ich überhaupt nicht daran gedacht. Tut mir Leid!"

„Na ja, ist schon in Ordnung. Es ist ja zum Glück alles gut gegangen."

Plötzlich leuchteten Scheinwerfer zwischen den Bäumen auf. Jo-Anns Mutter half ihrer Tochter auf. „Zeit, dich nach Hause zu bringen."

Jo-Ann drehte sich zu Laura. „Vielen Dank, dass du mich gefunden hast!"

„Gern geschehen!"

Jo-Ann humpelte auf ihre Mutter gestützt zum Wagen. Ihr Fuß tat noch weh, aber der Bruch war eingerenkt. Sternenschweifs Magie hatte gewirkt!

Mr Foster legte einen Arm um Lauras Schultern. „Soll ich dich nach Hause begleiten?"

„Fahr ruhig mit den anderen zurück. So weit ist es nicht mehr und ich bin schneller, wenn ich reite."

Ihr Vater nickte. „Einverstanden. Außerdem weiß ich ja, dass Sternenschweif bestens auf dich aufpasst." Liebevoll tätschelte er Sternenschweifs Hals. „Nicht wahr, mein Guter?"

Sternenschweif schnaubte. Mr Foster schmunzelte. „Also dann bis später."

Als die Motorengeräusche verklungen waren, verwandelte Laura Sternenschweif wieder in ein Einhorn. Jetzt, da alles überstanden war, mussten sie unbedingt miteinander reden.

Einen Moment lang schwiegen beide. Während sie Jo-Ann geholfen hatten, war alles andere in den Hintergrund getreten – ihr Kummer, die Lügen, die Angst vor dem, was passieren würde. Aber all das stand nun wieder zwischen ihnen.

Laura räusperte sich verlegen. „Du gehst also nicht nach Arkadia zurück?"

„Nein." Sternenschweif holte tief Luft. „Ich bleibe hier bei dir."

Sie sahen sich an. Dann fingen beide gleichzeitig an zu reden.

„Oh Sternenschweif, es war so …"

„Es tut mir Leid, Laura! Ich wollte wirklich nicht …"

Beide brachen mitten im Satz ab.

„Du zuerst", schlug Sternenschweif vor.

„Nein, du."

Sternenschweif kam ein bisschen näher. „Es tut mir so Leid, Laura." Sein warmer Atem streichelte ihr Gesicht. „Ich wollte dir nicht wehtun, ganz bestimmt nicht. Ich habe nur gelogen, weil ich dachte, dass es so leichter für dich wäre. Du bist doch meine beste Freundin, Laura. Ich hab niemanden lieber als dich!"

Laura schluckte. Nein, sie würde jetzt nicht anfangen zu heulen! „Ich hab dich doch genauso lieb. Ich wünschte nur, du hättest mir von Anfang an die Wahrheit gesagt. Als ich dich mit dem anderen Einhorn gesehen habe, hatte ich solche Angst, dass du für immer fortfliegen würdest, ohne mir etwas zu sagen. Ich habe mich noch nie so schrecklich gefühlt!" Sie legte ihre Hand auf seinen Hals. „Ich hätte es besser wissen müssen. Ich hätte dir vertrauen sollen!"

„Und ich hätte dir die Wahrheit nicht verschweigen dürfen! Aber ich war so durcheinander. Es ist eine große Ehre, auserwählt zu werden. Ich habe noch nie gehört, dass ein Einhorn es abgelehnt hat, nach Arkadia zurückzukehren."

Laura schaute ihn liebevoll an. „Aber du hast es getan."

Sternenschweif nickte. „Ja, für dich."

Laura lehnte ihren Kopf an seine Stirn. „Stimmt es, dass du deine Zauberkraft verlierst, wenn du nicht gehst?"

Sternenschweif nickte. „So hat es die Älteste gesagt. Aber das ist mir egal! Wenn wir nur zusammenbleiben können, gebe ich gerne meine Zauberkraft dafür her."

Laura biss sich auf die Unterlippe. Seine Magie bedeutete Sternenschweif so viel. Er durfte sie nicht aufgeben. Das konnte sie nicht zulassen!

Laura war hin und her gerissen. Aber nach und nach wuchs die Überzeugung in ihr: Egal, wie weh es auch tat, sie musste Sternenschweif nach Arkadia schicken. Er durfte ihretwegen nicht seine Zauberkraft verlieren! „Du …", ihre Stimme versagte, „du musst gehen!"

Sternenschweif fuhr zurück. „Aber wieso? Warum sagst du das?"

Laura hatte das Gefühl, als breche ihr das Herz. „Bitte, Sternenschweif", ihre Augen füllten sich mit Tränen, „du musst zurückkehren. Deine Magie ist so stark, du kannst so viel Gutes damit tun. Überleg doch nur, wie du heute Jo-Ann gerettet hast. In Arkadia kannst du noch vielen anderen helfen. Du darfst nicht hier bleiben. Nicht einmal mir zuliebe."

„Aber ich will nicht fortgehen, Laura!", sagte Sternenschweif verzweifelt.

„Du musst", sagte Laura und konnte ein Schluchzen nicht unterdrücken.

Plötzlich knackte ein Ast. Erschrocken fuhren sie beide herum. Ein mächtiges Einhorn trat zwischen den Bäumen hervor. Es war die Älteste! Ihr silbernes Horn strahlte hell durch die Nacht. Laura starrte sie erschrocken an. Ein einziger grauenhafter Gedanke formte sich in ihrem Kopf: Jetzt ist es so weit. Sie ist gekommen, um Sternenschweif zu holen!

10

Die Älteste trat aus der Dunkelheit hervor. „Hallo, Laura. Ich bin Sidra."

Lauras Hals war wie zugeschnürt. Haltsuchend klammerte sie sich an Sternenschweifs Mähne. Er stellte sich Sidra trotzig entgegen. „Ich werde nicht mit dir gehen! Ich …"

„Deine Furcht ist unbegründet", unterbrach ihn Sidra. „Deswegen bin ich nicht gekommen." Ihre dunklen Augen schimmerten geheimnisvoll. „Im Gegenteil."

Sternenschweif starrte sie verblüfft an.

„Was … was bedeutet das?“, stammelte Laura.

Sidra musterte sie eindringlich.

„Der Ältestenrat hat heute Nacht beobachtet, wie ihr dem verletzten Mädchen zu Hilfe geeilt seid. Und dabei sind wir zu der Einsicht gelangt: Obwohl der Spiegel dich dazu auserwählt hat, nach Arkadia zurückzukehren und unser Gehilfe zu werden, ist die Zeit dafür noch nicht gekommen. Hier bei Laura kannst du noch viel Gutes bewirken, vielleicht sogar mehr als in Arkadia.“

„Ich … darf also hier bleiben?“, stotterte Sternenschweif ungläubig.

„Und seine magischen Kräfte behalten?“, fragte Laura voller Staunen.

Sidra nickte.

Stürmisch umarmte Laura ihren Freund. Sidra lächelte huldvoll. „Ihr verdient es, zusammenzubleiben. Die Ältesten sind davon überzeugt, dass ihr noch viel Gutes tun werdet."

„Das werden wir!", versprach Laura mit fester Stimme. „Wir werden es zumindest versuchen, nicht wahr, Sternenschweif?"

Sternenschweif nickte. „Wie soll ich dir bloß danken, Sidra?"

Das weiße Einhorn neigte sein edles

Haupt. „Wir haben euch zu danken für all das, was ihr bereits getan habt! Und wir wünschen euch viel Glück für all die Taten, die noch folgen!“ Ihr schimmerndes Horn streifte sanft Sternenschweifs und Lauras Stirn. Ein warmes, prickelndes Gefühl breitete sich in Laura aus.

Das Einhorn zwinkerte ihr zu. „Du bist wirklich etwas Besonderes, Laura! Sternenschweif kann sich glücklich schätzen, dass er dich zur Einhorn-Freundin hat.“

Laura platzte beinahe vor Stolz.

„Ich muss jetzt aufbrechen.“ Sidra warf ihre seidig glänzende Mähne zurück. „Wenn ihr wollt, könnt ihr mich ein Stück des Weges begleiten.“

„Das wollen wir!“, kam es wie aus einem Mund.

Laura schwang sich auf Sternenschweifs Rücken und hielt sich an seiner Mähne fest, während die beiden Einhörner Richtung Himmel schossen. Die Sterne sausten wie ein glitzerndes Band an Laura vorüber und der Wind fegte durch ihr Haar. Sie konnte sich nicht daran erinnern, jemals zuvor so schnell oder so hoch geflogen zu sein! Sie jauchzte laut auf, als Sternenschweif übermütig den Kopf zurückwarf und noch schneller neben der schneeweißen Einhorn-Ältesten mit dem strahlenden Silberhorn dahinjagte.

Plötzlich stoppte Sidra. „Hier trennen sich unsere Wege! Lebt wohl! Die guten Wünsche der Einhörner von Arkadia werden immer mit euch sein!“ Sie bäumte sich auf und ihre Silhouette zeichnete sich hell vor dem dunklen Nachthimmel ab. Ein violetter Blitz durchzuckte die Dunkelheit und bevor sich Sternenschweif und Laura verabschieden konnten, war Sidra verschwunden.

„Wow!“ Laura schnappte nach Luft. „Das war …“

„… die Magie von Arkadia!“, vollendete Sternenschweif schmunzelnd ihren Satz.

„Wir sollten jetzt lieber umkehren. Mein

Vater wundert sich bestimmt schon, wo wir so lange bleiben."

Sternenschweif wendete und nahm Kurs auf die Farm. Kurz davor landete er, damit Laura ihn im Schutz der Bäume wieder in ein Pony verwandeln konnte.

Bevor sie den Verwandlungszauber aufsagte, legte sie ihre Wange an seinen warmen Hals. Eines musste sie noch wissen: „Als du auf der Weide gemurmelt hast, ‚Ich muss es ihr sagen', meintest du gar nicht mich, oder?"

„Nein, natürlich nicht! Ich hatte gerade beschlossen, Sidra zu sagen, dass ich dich niemals verlassen würde." Er schnupperte an ihrem Haar. „Es tut mir Leid, dass du solche Angst hattest, ich würde fortgehen."

„Mir tut es ja auch Leid. Ich hätte dir vertrauen müssen."

„Und ich dir", erwiderte Sternenschweif. „Wenn ich dir von Anfang an alles erzählt hätte, hätte ich dir einigen Kummer erspart."

Laura schüttelte den Kopf. „Wenn ich gewusst hätte, dass Sidra dich nach Arkadia mitnehmen wollte, wäre ich genauso unglücklich gewesen. Aber zumindest hätten wir darüber sprechen können. So wie das unter guten Freunden üblich ist."

Sie drückte ihm einen Kuss auf die Nase. „Von jetzt an haben wir nie wieder Geheimnisse voreinander. Versprochen?"

„Versprochen!"

Lächelnd sprach Laura den Verwandlungszauber.

Ein Blitz flammte auf und Sternenschweif war wieder ein ganz normales Pony. Bei dem Anblick seines weichen grauen Fells und seiner aufmerksam gespitzten Ohren wurde ihr ganz warm ums Herz. Er war ihr Pony und ihr Einhorn, vor allem aber war er ihr allerbester Freund!

Glücklich schlang sie einen Arm um seinen Hals und gab ihm einen Kuss. „Komm, lass uns nach Hause gehen!"

Sternenschweif

■ Abschließbares Tagebuch zum Bewahren deiner Geheimnisse! Mit flauschigem Umschlag!

Sternenschweif
Mein Tagebuch
€/D 8,95; €/A 9,20; sFr 15,90
Preisänderung vorbehalten
ISBN 978-3-440-10626-6

Sternenschweif
Umhängetäschchen
€/D 7,95*
Art.-Nr. 974329

■ Besuche mit Sternenschweif die magische Welt der Einhörner

Sternenschweif
Alles über Einhörner
€/D 2,95; €/A 3,10; sFr 5,30
Preisänderung vorbehalten
ISBN 978-3-440-10724-9

Sternenschweif
Schlüsselanhänger
€/D 4,95*
Art.-Nr. 974336

www.kosmos.de

*unverbindliche Preisempfehlung

KOSMOS